la llum del far

Sari, somniador de mars

Marcos S. Calveiro

BAULA

Coordinador editorial:
Josep Llussà

Direcció d'art:
Departament d'imatge i disseny GELV

Disseny de la col·lecció:
Manuel Estrada

Fotografia de la coberta:
A.G.E.

Primera edició en català, octubre 2007

Títol original: *Sari, soñador de mares*

C/ Salvador Espriu, 79, baixos 2a
08005 Barcelona

ISBN: 978-84-479-1631-3
Dipòsit legal: Z. 2706-07

Tallers Gràfics Edelvives (50012 Saragossa)
Certificats ISO 9001
Printed in Spain

El 0,7 % de la venda d'aquest llibre es destina a la construcció de l'escola que l'ONG Solidaritat, Educació i Desenvolupament (SED) gestiona a San Julián (El Salvador).

FITXA PER A BIBLIOTEQUES

CALVEIRO, Marcos S. (1968-)
Sari, somniador de mars / Marcos S. Calveiro. – 1a ed. – Barcelona: Baula, 2007
85 p. ; 22 cm. – (La llum del far ; 65)
ISBN 978-84-479-1631-3
1. Simbad el Marí. 2. Àrabs. 3. Navegaciò. 4. Relació nen-adult. I. Títol. II. Sèrie.
087.5:821.134.4-31"19"=134.1

Per a Lucas i Zoe,
perquè algun dia
també somniïn mars.

Al mar, cal estar-hi sempre com de visita.

AL FARIS IBN IAQUIM AL GALIZÍ

EL RIU IADID

D'ençà que en Sindbad se'n va anar, el riu Iadid baixa trist i moix, abocant les seves llàgrimes tèrboles al mantell salat del golf. Se sent sol i repudiat, perquè ja no té a qui acompanyar amb la música de les seves aigües, abans fresques i enjogassades.

En Sari també el troba a faltar, però es va acostumant a la solitud, a quedar-se a la seva estora escalfat pels rajos prims del primer sol i a no haver de matinar per ser ben d'hora a la porta de la casa del vell mariner; a aquella hora primerenca en què l'ombra allargada del minaret de la mesquita recorre lleugera el moll ple de paneres, caixes i cistells dels més variats fruits del mar fins a cabussar-se àgil a les aigües tèbies com un peix volador.

El noiet li feia els encàrrecs al mariner abans que el muetzí, tapant-se les orelles amb les mans, cridés per al primer *salat* del dia els fidels i abans també que el diable fugís per no sentir les sagrades paraules, tal com feia també en Sindbad, ja que mai no havia estat amic de germans ni de pregàries.

—Benvolgut Sari, els que de debò busquen Déu s'ofeguen dins els santuaris com el peix que boqueja en el cistell —li repetia sempre que passaven per davant de la mesquita.

La indulgència i la tolerància amb els altres i els seus costums, per més salvatges i estranys que li semblessin, havien guiat sempre el vell pilot en les seves travessies i viatges, i més d'un cop, fins a cinc cops, si hi pensava, l'havien salvat d'una mort segura.

En Sari anava al basar a comprar te, peix, espècies, sedes, draps, xai, dàtils i arròs. A la taverna d'en Raixid a buscar una mesura de vi roig de Xipre. Al sastre que li feia les túniques i tota la roba. A la bugadera que li ho rentava i que li sargia amb molta cura els turbants de colors cridaners. Al llibreter jueu que l'abastia de pergamins, llibres de derrota, almanacs i cartes nàutiques.

Havia estat un fort reuma als seus fràgils malucs, no la maledicció d'una bruixa malgaix, com ell solia explicar als més menuts, el que havia deixat el seu senyor encallat a la platja com el pinyol d'una pruna, allunyat dels vents d'alta mar i retirat d'aventures, empreses i singladures pels set mars.

—Que són nou, en realitat —repetia sovint en Sindbad.

—I quins són els altres tres, senyor? —preguntava en Sari amb curiositat, amb els seus ulls de nen murri espurnejant.

—Això només ho saben els vells mariners com jo, no un nen com tu, de terra ferma, que no coneix ni les quatre regles —li etzibava el mariner, tot desembullant els rínxols de la seva serrada barba blanca.

—Potser sóc una mica ignorant, senyor, però corro com un llamp quan he de baixar al moll, i amb el tirador sóc capaç d'encertar una cuereta en ple vol —replicava, ofès, en Sari.

—Sí, home, sí!, aquestes són les habilitats més adients per a un bon grumet. Demà baixaré el meu àbac de les golfes i començarem les classes de la vella ciència alexandrina —deia resignat el vell pilot davant l'arrogant ignorància del noi.

En Sindbad es quedava sempre a casa a l'hora de la plenamar. Totes les llunes plenes, a boca de fosc, qualsevol que passés pel carrer, fos home, animal o ànima, podia veure la seva misteriosa figura a l'hort, entre els ametllers, mirant cap a l'arbre florit de la nit i prenent precises notes al seu quadern de marees. Des de la galeria, assegut a terra damunt d'unes catifes d'otomà, per a descans dels seus malucs adolorits, amb la seva ullera de llarga vista, regal d'un rajà malai per un favor que ara no ve al cas explicar, vigilava la bocana del port per veure els vaixells que arribaven aprofitant el vagarós corrent del mar, tot evitant d'aquesta manera els traïdors esculls de l'entrada del golf, on alguns patrons havien espatllat la seva fama i tants mercaders havien perdut la preuada càrrega que dotzenes de mariners agafaven dies després amb les seves xarxes i hams. En Sindbad observava amb impaciència els mascarons a les proes de les naus, o els gallarets de les seves popes, o la bandera de l'arbre mestre, per veure si a bord arribava algun conegut, ja fos patró, pilot, oficial o mariner, a qui preguntar pels vells amics i, el que és més important, pels enemics, perquè mai no era sobrer saber què estaven tramant.

De vegades, se li ennuvolava la vista cansada pel reflex del sol i manava al seu petit criat que baixés als molls per informar-se de la ruta, armador, càrrega, capità i nom d'aquell vaixell desconegut per als seus ulls emboirats. L'observava des de la seva privilegiada talaia i el veia baixar corrents pels carrerons costeruts que duien al port, apareixent i desapareixent entre les cases i els tendals de roba blanca estesos al sol, com un dofí a l'escuma de les ones.

En Sari tornava sense alè després de la cursa i li donava entre panteixos tota la informació a en Sindbad, que esperava ansiós les notícies. Un dia, es va inventar les preuades dades per fer una broma al vell mariner, però aquest el va enxampar de seguida.

—Senyor, el vaixell es diu *Fenícia*, i ve carregat de sacs de pebre.

—I el seu patró? —va inquirir el mariner.

—Ve manat pel capità Absur, també conegut com el Golafre pel molt que li agraden les bones viandes —va explicar-li temorós el missatger.

En Sindbad va callar, pensatiu i, de cop i volta, li va picar l'esquena amb la crossa que sempre tenia a mà.

—Ai, ai, ai! Senyor, per què em pega? —es va queixar el murri.

—Per mentider, fidel i estimat amic meu.

—Jo no he mentit, senyor, és el que m'han dit a la taverna.

—Com bé saps, ni aquest és el nom del vaixell, ni els sacs són de pebre, que tota la vida s'ha dut en bocois, ni aquest és sobrenom per al patró d'una nau tan elegant —va respondre en Sindbad.

—Però, senyor...

—No hi ha peròs, Sari!

En Sari, capmoix, mirant les fulles d'acant que s'enredaven al terra, es fregava les costelles amb els palmells de les mans i, avergonyit, reconeixia la culpa amb el seu silenci.

—Hi ha un vell proverbi que diu: el primer cop que m'enganyis serà culpa teva; el segon, la culpa serà meva —va afegir en Sindbad entre rialles.

Per treure ferro a la trapelleria i reparar l'orgull del nen, en Sindbad li va oferir unes panses de Corint, que en Sari, llaminer, es va afanyar a menjar-se.

I així era com transcorrien les hores de la plenamar per a en Sari abans que en Sindbad l'Aventurer se n'anés un dia sense avisar, deixant-lo trist i sol com les tèrboles aigües del riu Iadid.

UN ESTOL DE MERLES

Havia estat la seva mare, la Fàtima, qui l'havia posat al servei del mariner poc temps després de l'arribada d'aquest, cansada com estava que no fes res de profit i estigués tot el dia entre mariners, hurís i trinxeraires als hostals i les tavernes del port, sense guanyar ni un dinar per al menjar del dia i omplint-se el cap de pardals.

En Sindbad havia llogat la casa a un cosí de la seva mare, i va ser aquesta qui hi va fer la neteja i la va endreçar abans que ell s'hi instal·lés. En Sari saltava pels ametllers de l'hort el dia que va veure acostar-se pel carrer, arrossegat per un ruc, un carro carregat amb nou grans baguls damasquinats, unes gàbies de vímet amb ocells exòtics i estranys artefactes que mai no havia vist abans.

Agafat a una escala del carro, caminava amb majestat i amb la vestimenta d'un califa el qui seria el seu amo, mestre i amic, en Sindbad el Marí, embolicat amb una túnica de color de turquesa adornada amb centenars de grans de vidre daurats i amb les babutxes i el turbant a joc. Les mares, inquietes davant aquella principesca aparició, agafaven els nens que jugaven al carrer, els feien entrar a casa i tancaven les portes, per a després entrebadar els finestrons i observar tan il·lustre foraster. Per a joia dels menuts, que se'l miraven agafats a les faldilles de les seves curioses maretes, al voltant del nou veí voletejava una bandada de merles, excitades davant la presència del que per a elles era un refulgent arbre ambulant carregat de gustosos fruits daurats.

En Sari es va ajupir al darrere d'unes arrels del jardí i va escoltar la conversa de la seva mare amb el viatger, a qui va rebre a la reixa del carrer amb una acrobàtica reverència.

—*Salam Aleikum*, senyor meu, sigues benvingut a la teva nova casa, on visquis feliç molts anys.

—*Aleikum Salam*, senyora, gràcies per la rebuda, però als meus anys ja només busco una mica de calma i de descans per al meu cos vell. Els moments feliços ja han quedat enrere, perdut en el remolí fosc i profund de les aigües de la meva memòria.

—Doncs que trobeu, senyor, aquest descans tan merescut. Estic a la vostra disposició per a tot el que us faci falta. A la cuina hi ha aigua fresca de la font de l'Abellera, queviures al rebost i llenya al costat de la llar.

—No us ho agafeu com una ofensa a la vostra amabilitat, senyora, però tants anys al mar sense companyia de dones m'han convertit en un vell maniàtic i despreocupat, per la qual cosa en tindré prou que em trobeu un noi espavilat perquè em faci els encàrrecs i em doni un cop de mà a la casa quan faci falta.

—No se'n parli més, senyor. Per al meu fill Sari serà un honor servir-vos, i també per a mi que ho faci al vostre gust. Per aquí a prop ronda, de manera que, amb el vostre permís, el cridaré.

El nen va sentir els crits de la seva mare, però no hi va anar i es va escapolir per la porta del darrere com un gat persa en la nit, gens content amb la perspectiva d'haver d'abandonar les hores de rondar per cofurnes i molls per anar a fer de noi dels encàrrecs d'aquell fatxenda tibat.

A la tarda, quan va arribar a casa, la seva mare li va preguntar on s'havia ficat, i li va advertir que mai més no se li acudís de posar-la en evidència davant d'un senyor. Ell va començar a donar-li una explicació, però ella va dir que era igual, que l'endemà a l'alba seria a casa del senyor Sindbad per fer-li els encàrrecs, i que així seria d'aleshores en endavant i mentre ell ho disposés; i que no sentís ella cap queixa del seu nou amo si no volia acabar venut al mercat d'esclaus de Ras al Jaymah.

—Així almenys recuperaré les monedes que em vaig gastar omplint-te la panxa, gandul! —li va cridar la seva mare, enfadada com no l'havia vista mai.

En Sari no va poder dormir en tota la nit, fent voltes a la seva estora tot pensant en l'amenaça d'una existència d'esclavitud. Amb la lluna ben alta, brillant encara al cel, es va llevar. Es va dirigir a casa del seu vanitós amo travessant la vila, que es despertava a un nou dia. Els estibadors, després d'uns glops d'aiguardent de canya a la taverna, anaven ja cap als molls per carretejar les mercaderies que omplien les bodegues dels vaixells, fent grinyolar les costelles dels seus cossos salats. Les peixateres carregaven pels pendents cistells i paneres plens de fastigosos peixos agonitzants. Els captaires, alguns esguerrats, d'altres cecs i la majoria ganduls, es barallaven amb els punys ben tancats pel millor lloc davant la mesquita, que els assegurava el generós i obligat *zakat* dels fidels. A les parades del basar, els venedors ajustaven els preus i els seus esclaus arranjaven el gènere tot esperant els compradors més matiners. El perfum de les espècies i condiments més variats —pebre, cúrcuma, canyella, comí, cardamom, gingebre—, vinguts de les més llunyanes costes dels set mars, s'esmunyia per tots els carrerons com una tèbia primavera.

En Sari es va quedar extasiat davant tanta gent atrafegada d'una banda a l'altra. Va seure en un graó de l'escala d'una casa propera a l'entrada del basar i, tot rosegant una arrel de regalèssia, va pensar, humil, que encara hi havia algunes coses que ignorava i que segurament, més enllà de la corda de l'horitzó, allà on el sol, tot obedient, desapareixia cada dia, l'estava esperant un món excitant i desconegut que algun dia veuria.

Amb tantes coses voltant-li pel cap, va arribar tard a casa de l'amo, que ja l'esperava davant la porta, de vint-i-un botó, amb una roba diferent de la del dia anterior, però no menys luxosa i llampant. Aquest, en veure'l arribar corrent, li va dir en to burleta:

—Estimat Sari, espero que d'ara en endavant siguis més puntual que les pluges del monsó que omplen els rius i els aljubs. Com que avui és el primer dia, vindré amb tu al basar per escollir els marxants amb millor gènere i obrir comptes amb ells.

—Com desitgeu, senyor, i disculpeu pel retard —va dir en Sari a contracor, mentre repetia fins a quatre vegades la reverència, com li havia vist fer el dia anterior a la seva mare.

—Deixa't de romanços i anem cap al mercat.

Es van passar tot el matí al basar, remenant gènere i mercaderies, regatejant, tancant tractes i comprant. A l'hora de dinar, l'amo, generós, el va convidar a cuscús en un hostal, però no li va deixar tastar ni una gota de la generosa gerra de vi xipriota que el taverner va posar enmig de la taula.

—No s'ha fet el got de vi per al bec de l'ocellet —va sentenciar en Sindbad mentre es mullava els llavis.

I així va ser com van transcórrer les primeres hores del dia en què en Sari va conèixer el seu amo, Sindbad el Marí, abans que se n'anés un dia sense avisar, deixant-lo amb la mateixa fam d'històries i ensenyaments que a aquella bandada de merles que cobejava els fruits daurats de la seva túnica.

FLOTADORS I BOIES

Al port, els pescadors compten quantes llunes fa que no entra cap peix a les seves xarxes. Ni llobarros, ni verats, ni llucets ni sardines. És com si el mar s'hagués mort, i ningú no sap per què. Ni el muetzí, ni el cadi, ni l'imam, ni el visir.

Sense res per fer i inquiets pel misteri, els pescadors, com un banc de peixos, s'apleguen de bon matí i passegen la seva desgràcia pels molls, a la recerca d'explicacions i de respostes, peregrines les unes, increïbles les altres.

—Alguna bruixa que ens vol mal i ens ha tirat mal d'ull —diu un.

—No, això és cosa d'un follet que ha canviat la nostra bona sort i ha convertit en escassetat la nostra fortuna —replica un altre.

—No, companys, això només pot ser obra d'una tintorera que, afamegada, ha anat a parar a aquestes aigües abundoses —afegeix aquell.

Les xarxaires, que treballaven per als armadors dels vaixells sargint les xarxes amb les seves agulles de fusta a canvi d'una part de la pesca, també murmuren sense res a fer i donen les culpes a l'atractiva muller del patró major dels pescadors, que es veu que està ficada en amors i galanies amb un jove desconegut.

Mentre tots parlen, les xarxes, flotadors i boies s'esllangueixen a terra sota el xàfec tebi del monsó, i en Sari frega l'esquena del seu amo amb àloe de l'illa de Socotora, que es queda fatigat a l'estora per culpa d'aquella humitat enganxosa que es fica pertot arreu.

Els dies passaven, els homes i les dones es desassossegaven, les parades del mercat es quedaven buides de peix, i en Sindbad, tip de menjar cada dia arròs, xai i cols, va decidir de posar remei a la situació.

—Sari, porta'm la túnica i les babutxes, que he de sortir! —va cridar.

—Senyor, amb aquest temps no hauríeu de sortir, ja sabeu el que us va dir el metge.

—No m'empipis i fes el que et dic. He de baixar a parlar amb els pescadors.

En Sari va agafar la roba, el va ajudar a vestir-se i van sortir lleugers per la porta sota un para-sol de plomes per protegir-se del plugim fi que portava el vent del sud-oest.

Al port, una munió d'homes i dones s'arremolinava al voltant d'alguna cosa que els seus ulls no arribaven a veure. Quan la gentada es va adonar de la presència de l'insigne mariner i del seu lacai, els van deixar passar. Sobre les pedres relliscoses del moll hi havia el cap ensangonat d'un dofí, com si un gegant l'hagués escopit després de menjar-se-li el cos sencer d'una queixalada.

—Això és molt mal averany, pobres de nosaltres —va dir una dona esgarrifada.

—Estem perduts! Els nostres fills es moriran de gana! —va cridar un home.

—Ni hi ha mals averanys, ni morirà ningú —va dir tranquil en Sindbad tot tancant el para-sol.

Davant la seva ferma intervenció, tots els presents van callar i, expectants, van esperar les paraules del vell mariner.

—Com us deia, no hi ha cap misteri. Això ja ho he vist altres vegades, i suposo que el causant serà el mateix.

—I qui és? —van preguntar tots els presents alhora.

—Un calamar gegant que, en el seu camí cap a la fossa de les illes Estelades, on va a pondre els seus ous, es deu haver perdut en una tempesta i, desorientat, ha anat a raure a les vostres costes.

—Això són contes de velles, mai de la vida no havia sentit una cosa així —va cridar un vell gabier, ja retirat també.

En Sindbad va callar i, per tota resposta, es va aixecar la brusa llarga, tot ensenyant el pit i l'esquena. Tots, excepte en Sari, que ja havia vist les fosques cicatrius, van quedar esglaiats.

—Com veureu, això no és obra d'una vella, sinó d'un calamar gegant.

Tothom va picar de mans, fins i tot en Sari, que mai no s'havia atrevit a preguntar-li per l'origen d'aquelles marques.

—Molt bé, existeixen, però què en farem, amb la nostra —va burxar el vell gabier a en Sindbad.

—Tot té solució, excepte la mort, i per a alguns fins i tot aquesta. Tothom sap que els calamars gegants són gairebé cecs, però tenen un olfacte millor que el dels gossos de caça del nostre benvolgut Soldà. L'hem de confondre perquè fugi d'aquestes aigües i torni la vostra pesca i el meu menjar preferit. Aneu al basar i agafeu tot el pebre que hi hagi, pugeu-lo a les vostres barques i aboqueu-lo a raig a les aigües. Això desorientarà l'olfacte del calamar i l'obligarà a anar-se'n per sempre del vostre mar.

Dit això, els pescadors van acudir al mercat, d'on van portar rodolant bocois i més bocois de pebre, que van anar carregant a les seves barques, mentre les xarxaires, per un dia, es convertien en costureres per cosir amb teles atapeïdes, portades també del basar, unes caputxes als mariners per protegir-los de la coentor.

La flota va salpar cap a la lluita amb el calamar gegant, i en Sindbad i en Sari, encaputxats també, van embarcar al falutx del patró major. Els pescadors van obrir els bocois a una mitja llegua del moll, i de seguida es va escampar per l'aire una densa boira de pebre.

Tots miraven expectants les aigües, ara ocres, esperant un senyal que no acabava d'arribar. De sobte, en algun lloc, algú va cridar:

—Aquí, aquí, veniu!

No va caldre que hi anessin, perquè tots van poder veure com les aigües es tenyien de negre, i van poder seguir amb la mirada fins a l'horitzó l'empebrat i entintat deixant que el calamar deixava en la seva fugida.

Un cop a terra, el patró major, entre esternuts i en nom de tots els pescadors, com a mostra d'agraïment, va prometre al seu salvador que cada matí tindria a la porta de casa seva una panera de gustós peix fresc, promesa que va desagradar a en Sari, ja que a ell no li agradava.

De tornada a casa, en Sindbad el va convidar amb un gest a seure amb ell a la galeria per contemplar la posta de sol. El vell mariner va tancar els seus ulls cendrosos i es va quedar callat, com escoltant una conversa de la qual el seu lleial servent semblava no adonar-se.

—Senyor... —va xiuxiuejar en Sari.

—Si el que em vols dir no és més bonic que aquest silenci que ens envolta, no ho diguis, amic meu —va dir l'amo, interrompent el noi.

En Sari va callar i va escoltar atent.

—Tanca els ulls i somnia, amic meu. Somnia —va repetir en Sindbad.

Aleshores, el nen va sentir en la llunyania el vent tebi i sorrenc del desert bramant entre les haimes del caravanserrall, va ensumar l'aroma del te del capvespre i va descobrir entre l'infinit mar de dunes una caravana que s'acostava a poc a poc, amb un centenar de camells esgotats sota el pes dels fardells de sal que ens dóna la vida.

I així era com transcorrien les hores del silenci per a en Sari abans que en Sindbad el Fetiller se n'anés un dia sense avisar, deixant-lo sol com els flotadors i les boies que es gronxen al mar a l'espera dels peixos afamats.

AQUELLA

Dies després de la fugida del voraç calamar, les gavines, que havien estat durant dies a terra, perdudes per la vila, furgant en les escombraries davant dels hostals, tornaven a guiar les barques i esquifs dels pescadors i, fent voltes en cercles i grallant, assenyalaven els caladors on havien tornat ja els bancs de peixos. Les xarxes, les caixes i els cistells es van tornar a omplir de llobarros, verats, llucets i sardines, i els crits de les peixateres venent la seva mercaderia pujaven des de la vila fins al turó, on bressaven els somnis roncats del vell pilot, que feia la migdiada a l'hamaca que penjava, a l'ombra de la figuera, entre dos dels ametllers de l'hort. En Sari recollia cada matí a la porta la panera de peix promesa i després mirava el penell de ferro en forma de balandre llevantí que es movia al capdamunt de la teulada, per veure en quina direcció bufava el vent.

—Un home de mar, abans d'hissar les veles i salpar, ha de saber cap a on bufa el vent, per això jo mai de la vida no he pogut posar un peu fora del llit sense saber abans si el vent m'era favorable —li recordava sempre en Sindbad.

—Sí, senyor —repetia en Sari, cansat de sentir contínuament les mateixes bestieses.

—I tampoc no enfilis mai un rumb del qual desconeguis la derrota, amic meu, si no vols trobar-te davant Aquella que fa esvair delícies i viandes, trenca amistats, destrueix palaus i cabanes i cava sepultures —afegia el vell mariner en un to lúgubre.

Aquell dia, sobresortien de la panera, sota unes fulles de col, uns magnífics llobarros, i bufava en el balandre un airet del sud-est carregat d'olors salades. En Sari va despertar en Sindbad, que es va agitar endormiscat a l'estora —el dia anterior havia estat fins ben entrada la matinada traçant uns rumbs a les cartes de navegació, per no perdre el costum— i li va presentar l'informe del dia.

—Senyor, avui tenim llobarros, el vent bufa fluix del sud-est, s'esperen tres vaixells per a aquesta tarda i n'hi ha un que espera fondejat a sotavent de la badia. A més, teniu partida d'escacs amb el llibreter.

Després, el deixava en companyia de les seves ablucions matineres i del seu mal humor i anava a donar l'esmorzar, llavors seques de gira-sol i de carbassa, a més d'aigua fresca, als rossinyols i les caderneres que encara dormien sota els draps negres de seda que cobrien les seves gàbies de vímet.

Després de rentar-se, en Sindbad, encara amb camisa de dormir, va netejar els llobarros amb el seu ganivet de mànec ambarí i en va treure les entranyes a l'hort, com a esmorzar per als gats del veïnat. Tot seguit, va vestir-se amb l'ajut d'en Sari i es va posar el seu turbant més estimat, coronat per una enorme ploma blava de la qual el noi no podia apartar els ulls.

—Aquesta ploma que tant et crida l'atenció, fidel servidor meu, és d'una Au Roc, la bèstia més temible que mai ha volat per damunt dels caps dels homes i de les bèsties, capaç de vèncer en la lluita els ferotges karkadans.

—I com va ser que va agafar-la, senyor? —va preguntar en Sari.

—Va ser en una de les meves travessies pels nou mars quan vaig trobar-la, a ella i a altres de la seva espècie, en una fondalada coberta amb un mantell de diamants que em van fer ric per segona vegada a la meva vida. Però aquesta és una llarga i perillosa història que ja t'explicaré en una altra ocasió. Ara, m'esperen el tauler i una encisadora dama negra.

En Sari el va acompanyar a la llibreria. Al seu pas pels carrers, tots els veïns, des de les finestres, les portes i les porxades, saludaven admirats el vell mariner, el qual, orgullós, aixecava la mà com el visir davant els seus vassalls. Una corrua de nens els va seguir tota l'estona entre crits, burles i cançons, i en Sari va pensar que, no feia gaire temps, ell havia format part també d'aquell ramat de menuts que no tenia amo ni llei, d'aquella trepa de marrecs als quals només guiava el desig de passar-s'ho bé, encara que fos a costa dels sentiments dels altres.

Un cop arribats al negoci del jueu, que s'amagava en un carreró estret i pudent a prop del basar, la canalla es va dispersar per buscar una altra víctima per al seu escarni i maledicència.

A dins de la llibreria, i després de les salutacions cordials i les benediccions de rigor, els dos contrincants mantenien sempre una breu conversa de compromís.

—Alguna novetat en els vostres atapeïts prestatges, benvolgut sefardita?

—Sí, estimat esclau dels vents. Ahir em va arribar des de l'hospitalària Samarcanda un llibre de verins grec que parla, entre altres coses, de les picades de bèsties i serps i els seus remeis i antídots.

—Com sempre, la bona sort arriba tard. En un altre temps, podria haver ajudat algun mariner que va morir als meus braços, però avui, si no és que en Raixid m'enverina amb els plats que de vegades em serveix a la taverna, poc servei em farà.

—També m'ha arribat de terra de gentils un bell portolà de Sicília amb tots els ancoratges de la Mediterrània, de Marsella a Sidó, de Haifa a Oran.

—Això no és mar ni és res, apreciat llibreter. És com navegar en un bol de brou espès, un bassal ple de pixats i tifes per a mariners d'aigua dolça, que mai no han sentit la força d'un tifó en el rostre. El mar de debò, el mar major, és aquell que bat després de travessar l'estret de Bab el Mandeb, més enllà del golf d'Aden.

—Molt bé, no t'esveris, vell amic. Ja saps que jo no conec altre mar que el del meu rentamans. Veig que avui portes la bossa ben tancada o buida, de manera que val més que comencem la partida.

Els dos jugadors, separats per un mar de seixanta-quatre caselles blanques i negres, com seixanta-quatre són també els rumbs de la rosa dels vents, se submergien en un silenci que podia durar hores, estudiant-se llargament abans de fer qualsevol moviment, entre gambits i escacs. En Sari s'avorria davant un joc que no comprenia, malgrat les estrofes del poeta de Naixapur que en Sindbad li repetia sovint:

—*És tan sols un tauler de dies i de nits, on el destí juga i les peces són els homes. Les mou cap aquí i cap allà, fa escac i les mata, i després les torna una a una a la caixa.*

En Sari matava les hores buscant entre les lleixes i els prestatges polsegosos de la llibreria. Allò era com una cova plena de misteris i secrets incomprensibles per a ell, perquè no sabia llegir. Tot i amb això, era una de les seves visites preferides, perquè hi havia molts llibres vinguts de molt lluny i plens de gravats i dibuixos. Déus i bèsties desconeguts, dones i homes despullats, amb les vergonyes a la vista, fent malabarismes. Contes d'animals com el d'aquelles dues grues que ajudaven a travessar el riu a una tortuga que penjava dels seus becs, o aquell altre del xacal i el lleó. Gestes i aventures de famosos guerrers, com Rustam o Abu Zaiz. Mapes i cartes de terres estranyes amb noms que mai no havia sentit esmentar al seu amo. Mítiques ciutats habitades només per micos gegants o altres animals fantàstics. Un món per a ell desconegut s'amagava en aquells prestatges, un món que ell desitjava conèixer, un món que algun dia els seus ulls admirarien.

I així era com transcorrien les hores dels escacs per a en Sari, abans que en Sindbad el Juganer se n'anés un dia sense avisar, pel que semblava a la recerca d'Aquella que fa esvair delícies i viandes, trenca amistats, destrueix palaus i cabanes i cava sepultures.

OMBRES XINESES

Cada vegada que en Sindbad tenia notícia de l'arribada d'un vaixell que venia de lluny, ja fos amb un carregament de pebre, de cànem, de càmfora o de seda, convidava el seu capità, enviant-li a través d'en Sari una invitació manuscrita del seu puny i lletra, a la tertúlia que organitzava per als membres del gremi de navegants i per a algunes autoritats de la ciutat «les quals sempre cal tenir contentes i mantingudes per si de cas necessitem mai el seu ajut i la seva generositat», deia.

Quan en Sari arribava a casa seva, el vell mariner ja s'havia llevat i, en camisa de dormir i des de la galeria, li donava les ordres per tal d'arranjar tot el necessari per a la trobada nocturna. El nen, atrafegat, anava amunt i avall sense parar, mentre el patró, ferreny, xiulava com havia fet en el passat per donar ordres a les lleves d'aprenents poc espavilats que havia tingut sota el seu comandament a les travessies. Un xiulet curt, i passava l'escombra de bruc per tota la casa. Dos de curts, i treia la millor pisa per a la cerimònia del te. Un de llarg i un de curt, i espolsava les estores i les catifes. Tres de curts, i pentinava la ploma de l'Au Roc del turbant predilecte del seu amo. Un de llarg, i penjava entre dos dels ametllers de l'hort un gran llenç blanc per a l'espectacle.

El sol desapareixia amb mandrosa calma per occident, com si també volgués conversar, mentre els convidats, amb obsequis per al seu amfitrió, anaven arribant. En Sari anunciava la seva arribada bufant amb força l'olifant d'ivori, que segons en Sindbad bramava com un elefant, i després cridava, gairebé sense alè a causa de l'esforç, el nom dels navegants o el càrrec de les autoritats, a més dels presents que portaven.

En Rajiv, l'hàbil veler que apedaça qualsevol lona o tela que esquincen les ràfegues de vent, porta una randa brodada amb un bonic vaixell al pont del qual es dreça una figura que bé podria ser en Sindbad.

El nostre benvolgut cadi, mà dreta del gran visir que a tots empara, porta un antic i valuós dictamen sobre un complex afer de naufragi davant les costes de Tunísia.

En Sadam, l'astròleg, que en les nits ens il·lumina amb la seva aguda mirada, ha fet una carta astral del dia del naixement de l'amfitrió amb belles filigranes als marges.

L'Ismael, el sefardita, que ens proporciona els rumbs que guien els nostres camins i els llibres que allunyen l'avorriment en els dies de calma, porta un magnífic almanac il·lustrat de marees jòniques.

En Sidi, el moro marmitó, qui millor serveix el dinar enmig de la maltempsada, porta un flascó dels seus famosos préssecs amb xarop de canyella.

L'Absul, el gabier, que des de la cofa de l'arbre mestre descobreix balenes, pirates i la tempesta que s'acosta, porta una pinta de tortuga, perquè en Sindbad desfaci els embulls de la seva serrada barba blanca.

El sopar, lleuger, se serveix a l'hort, a la llum de llànties d'oli, i els convidats reposen entre coixins i estores. Piquen de les safates entre històries, contes i rialles. Les copes es buiden de pressa i els assedegats piquen amb elles a les gerres, perquè en Sari, ben de pressa, els les ompli de gustós vi de la bóta del celler. Les llengües s'afluixen de seguida i qui més qui menys presumeix del que no és cert davant els seus companys, de terres i dones mai no conquerides, de mars i illes mai no explorades. Tots saben que els altres menteixen, però són com nens juganers, la divertida gresca d'uns vells que enyoren un passat ja llunyà.

Després de l'aiguardent de palma, acompanyat de dolços i llaminadures, es fa la foscor i en Sindbad desapareix al darrere de la tela blanca, il·luminada per una sola espelma; és l'hora del màgic entreteniment, de les seves famoses ombres xineses.

En els dies anteriors al gran convit, el vell mariner i el seu patge han caminat pels camins fins a l'estuari on el riu Iadid acarona els llavis salats del golf. Un cop allà, en Sindbad, a qui no li agradava mullar-se els peus amb aigua dolça, per ser presagi d'epidèmies, naufragis o altres calamitats, segons deia, li manava ficar-se als fangars i recollir joncs, bogues de fulla ampla, canyes i canyissos, eines indispensables per a la diversió que preparava per als seus il·lustres convidats.

En Sari es queda dret al costat del llenç i, quan en Sindbad té preparats tots els estris, crida cap al públic expectant la presentació que fa dies que el mariner que ara és a la foscor li ha obligat a memoritzar.

—Senyors meus, aquí teniu el major espectacle de l'Orient, que només han vist abans a la cort del Gran Mogol, al palau del nostre benvolgut soldà i al del maharajà de Calcuta. Aquest és un art mil·lenari, secret i prohibit per a estrangers de pell negra o blanca, ensenyat d'amagat als escollits pels mestres de les tenebres, de manera que no tanqueu els ulls i que la il·lusió i la màgia us omplin.

I tot seguit, per aquell fantàstic i lluminós mar blanc, naveguen d'est a oest, gràcies a l'habilitat i l'enginy d'en Sindbad, koleks malais, paraos indonesis, sambucs indis, juncs xinesos, catamarans de Madràs i ulaks bengalins, per a joia dels espectadors que, meravellats per la seva perfecció i detalls, aplaudeixen davant cada aparició i exclamen admirats quan pel sud apareix també alguna balena amb el seu brollador o un temible calamar gegant, per tothom conegut però mai no vist.

Un cop acabat el màgic espectacle amb una bella posta de sol, en Sindbad aixeca el llençol i saluda amb una reverència els assistents que, dempeus, els que encara poden mantenir l'equilibri, aplaudeixen de nou i amb més força. Després, en Sari els ofereix una altra ronda de licors i de vi dolç acompanyats de dàtils i anacards, i la conversa i les bromes comencen de nou.

Quan l'amfitrió veu que la conversa comença a esvair-se entre trivialitats i badalls, llença una pedreta dins la seva copa buida i els convidats callen tot d'una, s'aixequen amb l'ajut del nen i, amb gest cansat, s'acomiaden fins a la propera trobada. En Sari els segueix amb la mirada mentre baixen pel carrer fent tentines d'una banda a l'altra, com a la coberta d'un vaixell sense timó navegant per la tempesta, fins que desapareixen engolits pel remolí de la nit. Després, ajuda el seu amo a ficar-se al llit i es queda a l'hort a les fosques, esperant l'albada ja propera mentre recorda les històries vertaderes o falses que ha sentit. Terres, dones, vaixells, mars, illes i badies.

I així és com transcorrien les hores de la tertúlia per a en Sari, abans que en Sindbad el Noctàmbul se n'anés un dia sense avisar; hores màgiques com aquelles ombres que dansaven rere la tela.

PIRATES

Amb l'arribada del monsó estival, un gran vel cendrós es va estendre per tot l'horitzó, i de seguida, gairebé sense que en Sari se n'adonés, el vent humit del sudoest va portar la pluja inesgotable. Els dies transcorrien indecisos i sense esma, i el noi, amb la mirada perduda en un cel que semblava que mai no tornaria a ser blau, s'esllanguia a la galeria, desmanegat entre els coixins d'otomana com la mandrosa hurí, que espera a l'harem el retorn del califa mentre ell i els seus guerrers breguen amb un visir rebel. La vila semblava dormir la calma d'un son ple i vagarós. Els menuts, tancats a les seves cases, miraven amb nostàlgia per les finestres. Els pescadors, també llangorosos, miraven des de les tavernes les barques i esquifs amarrats a les seves àncores. Al basar, els crits dels comerciants als esclaus ressonaven als passadissos, buits dels habituals i nombrosos compradors. Només en Sindbad semblava indiferent a aquella enganxosa melangia que ho assolava tot, i esquivava l'avorriment esborrallant les seves cartes nàutiques, abocat damunt l'escriptori.

—Mai no plou a gust de tothom —deia de tant en tant, mirant cap a en Sari.

—Sindbad, no m'empipis amb les teves històries, tu! —li cridava, descarat, el nen.

—Donaré la culpa de la teva insolència a aquest vent enganxós del sud-oest que us té a tots atordits —el renyava el vell mariner. En Sari no responia i tornava a cabussar-se en el tedi, escodrinyant de tant en tant el cel amb la ullera de llarga vista del seu amo.

—Recordo que, fa molt de temps, un xàfec com aquest em va salvar d'una mort segura a la costa de Malabar —li va dir en Sindbad.

En Sari no va fer cas de les paraules del vell i va continuar matant el temps en l'observació de la vila.

—Jo era allà per encàrrec del meu benamat soldà, que m'havia manat d'acompanyar i protegir la favorita del seu bon amic el maharajà de Kerala en la seva peregrinació a la Meca, aquella que un cop a la vida tot fidel està obligat a realitzar per fer les set voltes al voltant de la roca negra de la Kaaba i beure després de la miraculosa font de Zamzam, perquè així està escrit al Sagrat Llibre del Profeta.

En Sari continuava d'esquena a en Sindbad, sense fer cas de les seves paraules, tot i que ell insistia en la seva història, ja que encara no havia nascut ningú capaç de resistir-se a les seves habilitats de contacontes.

—Com et deia, va ser un bon xàfec el que ens va salvar dels temibles pirates...

—Pirates! —va exclamar en Sari fent un bot i abandonant la seva anterior indiferència.

—Sí, pirates. O potser et penses que després de tota una vida de visita en el mar no he ensopegat més d'una vegada, i més de dues també, amb aquests malvats criminals?

—Conta, conta! —va dir el nen amb els ulls tan brillants com un far en la nit.

—Doncs, veuràs, poc després de sortir de la badia de Coxín amb la princesa i el seu seguici de serventes i eunucs, ja teníem al damunt diversos velers pirates, que amb el pas de les hores ens van encerclar per babord i per estribord. No sé com ho van saber, els maleïts, perquè el viatge s'havia organitzat en el més absolut secret. Però, com bé aprendràs en la teva vida, sempre hi ha algun miserable capaç de vendre la seva lleialtat per una petita almoina.

Com et deia, veient-se encerclats i davant un abordatge segur, els meus mariners s'encomanaven al cel perquè desfermés una bona torbonada, quan, de cop i volta, algú va atendre les seves pregàries: el firmament va esclatar i va començar a caure un xàfec intens. Jo vaig aprofitar per arrissar les veles i esperar que els pirates, enganyats, els perdessin de vista. I així va ser com va passar. Quan l'endemà va escampar, després de ploure durant tota la nit, no quedava ni rastre d'ells. La princesa em va cridar a la seva cabina i, com a mostra d'agraïment, em va voler regalar una joia que jo, cortès, vaig rebutjar, perquè un cavaller com jo mai no ha d'acceptar regals d'una dona.

—I això va ser tot? —va preguntar en Sari, una mica decebut per la història.

—I què més volies?

—Home, alguna batalla, amb abordatges, lluites de simitarra, foc, vaixells enfonsats, tresors...

—Benvolgut grumet, el millor que es pot fer quan s'albiren pirates per la proa és hissar tot el drap i fugir lleuger si no vols anar de dret al paradís, o, el que és pitjor, quedar-te com a esclau en un dels seus vaixells per a la resta dels teus dies.

—Però mai no vas lluitar contra ells?

—Quan no vaig tenir altre remei i per defensar la meva vida i la dels meus.

—I vas tallar molts caps?

—No, xicot: la crueltat és la força dels covards. Jo no sóc un caçador de caps com els ferotges indígenes de Kalimantan o els de les illes Sulu, que col·leccionen els caps dels imprudents que travessen l'estret de les Moluques sense conèixer els seus corrents i els seus vents traïdors.

—Però bé que t'havies de defensar!

—I bé que ho vaig fer, però en la justa mesura que han de tenir totes les causes.

—Però bé que s'havien d'endur el que es mereixien pels seus crims!

—Aquells amb qui em vaig topar s'ho van endur, però jo no sóc qui per jutjar-los i castigar-los per les seves faltes.

—Però se'ls ha de pagar amb la seva mateixa moneda!

—Si fessis això, no hi hauria res que et diferenciés d'ells. Seríeu dues cares d'una mateixa moneda.

—Jo no penso així.

—Mira, ara recordo que en alguns ports xinesos, quan capturen algun pirata, el tiren viu dins una gran olla d'aigua bullent. Jo no veig cap diferència entre els uns i els altres.

—Doncs sí que n'hi ha.

—No n'hi ha, amic meu, aquesta diferència en què tu creus és la distància que hi ha entre un home i una mala bèstia. I estic segur que tu, d'aquí a uns anys, la recorreràs i et quedaràs al bàndol que et pertoca. Al bàndol dels homes.

I, dit això, en Sindbad va donar per acabada la discussió i va tornar a les seves cartes, deixant en Sari amb la paraula a la boca, com tantes vegades havia fet abans.

I així era com transcorrien les vagaroses hores del monsó per a en Sari abans que en Sindbad el Narrador se n'anés un dia sense avisar; hores cruels com els pirates de la ribera de Malabar.

LA FLAMA D'UNA LLÀNTIA

El dia que en Sindbad se'n va anar, en Sari va trobar al matí a casa seva, a més de l'acostumada panera de peix, un full clavat a la porta, amb el segell del cadi amb lacre vermell. Espantat, va entrar corrents tot cridant el seu amo, però aquest no va contestar. El vell mariner no era a la seva habitació damunt l'estora com cada dia. El va buscar per tota la casa, fins a les golfes i a l'hort, fins i tot dins el celler, però no apareixia per enlloc.

No hi faltava res, totes les seves coses eren en el seu lloc exacte, ocupaven el precís espai que en Sindbad els havia adjudicat en el seu petit i endreçat univers domèstic. Les seves tunicel·les, gel·labes, babutxes i turbants, vestidures per les quals era admirat pels bons veïns i envejat pels dolents, que es queixaven de la seva fatxenderia i supèrbia. El narguil amb què, de tant en tant, «només quan l'enyorament m'assetja», deia a en Sari, fumava la seva picadura especial, tot omplint-se el pit amb el fum del cànem perfumat amb aigua de tarongina, que després treia per la boca amb formes impossibles de vaixells, ones i dofins, abans de quedar-se estirat entre els coixins.

A les golfes continuaven els seus misteriosos nou baguls damasquinats que en Sari mai no li va veure obrir i que havien estat objecte de totes les conjectures i càbales que un noi com ell podia ordir. També les gàbies de vímet dels seus rossinyols i caderneres, els més cantaires de tota la vila, dignes joglars per a qualsevol visir o príncep.

Igualment, quedava en un racó el gran gerro xinès que li havia regalat aquell simpàtic viatger venecià a qui havia conegut en un viatge per les terres del gran emperador Kubilai, i que era ple d'una pegunta negra i pudenta que cremava molt bé i durant hores a les llànties. I també es podien veure els seus instruments de navegació, els d'observar els estels, la ballesta i l'astrolabi, la brúixola, la vella i gastada taula de rumbs, i també l'olifant d'ivori amb què rebia les visites el dia de la tertúlia i que, segons li havia explicat en Sindbad, havia pertangut a un famós guerrer carolingi mort en batalla i que tenia desconeguts poders màgics.

Tot era al seu lloc, tot excepte la seva ullera de llarga vista, que no era al seu pedestal de la galeria, i les cartes marines, que havien desaparegut de damunt de l'escriptori del vell mariner.

En Sari es va quedar sorprès i sense saber molt bé què fer. Va pensar que potser havia baixat al moll a parlar amb algun capità conegut sobre una ruta o una travessia perillosa, i per això s'havia endut les cartes sobre les quals havia passat moltes nits de vetlla. El que no arribava a comprendre era per què s'havia endut la ullera de llarga vista, perquè qualsevol capità digne d'aquest nom en tindria una a la seva cabina.

El matí esllanguia, i en Sari, avorrit i inquiet per l'absència del seu amo, va decidir d'obrir els seus misteriosos nou baguls damasquinats abans que tornés de la urgent empresa que l'havia fet desaparèixer de sobte. A les golfes, i després d'hores de lluita amb els tres panys que tenia cadascun, es va rendir i, veient que el dia s'acabava sense notícies del vell, va córrer a casa seva per donar a la mare notícia de la seva desaparició.

—Mare, mare! —va cridar al pati—. El meu amo ha desaparegut sense avisar i a la seva porta hi ha clavat un paper amb el segell del cadi.

—Ai, fill meu, no m'estranya gens —li va respondre ella—. El teu vell mariner ha resultat ser un mentider i un aprofitat. Ens ha enganyat a tots, fins i tot a tu.

—Això no és veritat! El meu amo és un senyor, un mariner de fama, conegut arreu de l'Orient! —li va replicar en Sari.

—De fama sí que en té, però de mal pagador i de trampós —li va dir ella.

—No et crec, mare, estàs mentint! Tu li tens mania perquè dius que m'omple el cap d'històries de vaixells i de mars! —li va cridar el nen.

—Fill meu, no t'esveris i escolta el que ja sap tothom a la ciutat. El teu estimat amo duia mesos sense pagar el lloguer i el cadi ha manat fer-lo fora de la casa i confiscar-li els béns. A més, té deutes al basar, a l'hostal i al sastre. L'única que va cobrar per la seva feina va ser la bugadera, i el llibreter pels seus còdexs. A tu, no et va donar ni una piastra. Pensa una mica, Sari, que no ets curt.

—Això no és veritat, mare! Són tot xafarderies de velles! Pagar, no m'ha pagat, però ell m'ha ensenyat tot el que sé! —va respondre en Sari amb els ulls plens de llàgrimes.

—Jo mai no t'he mentit, fill meu. Bé que ho saps.

Quan va sentir això, en Sari va arrencar a córrer i va fugir de casa seva. La mare no el va perseguir ni el va cridar, perquè va pensar que el noi necessitava estar sol i adonar-se de la veritat sense que ningú el molestés. Ella sabia que la il·lusió d'un nen és fràgil com un vidre, i que un cop s'esquerda és molt difícil recompondre-la perquè no es torni a trencar.

Amb la nit gairebé tancada, en Sari, d'amagat, va buscar en Sindbad per tota la ciutat. Entre la foscor dels carrerons, a l'hostal on de vegades sopava. A les parades encara obertes del basar, que saldaven les últimes existències del dia. A les tavernes i cofurnes amb el millor i el pitjor vi. Als molls, entre mercaders, mariners, xarxaires i pescadors. Als espadats esmolats com ganivets on li agradava passejar al capvespre mirant la corda del llunyà horitzó. Fins i tot es va descalçar i va entrar a la mesquita on el vell mariner mai no posava els peus. Enlloc no hi havia ni rastre d'ell. Era com si la terra, famolenca, se l'hagués empassat d'un mos.

Cansat i trist per la traïció de qui considerava el seu mestre i millor amic, en Sari va tornar a la casa, buida i silenciosa. Va entrar per la porta del darrere perquè no el veiés ningú i, com cada nit, va omplir amb aquella pegunta negra i pudenta la llàntia de la galeria i la va encendre.

—Un llum en la boira de la nit per guiar les sirenes i els mariners perduts —deia en Sindbad.

Va seure als coixins. L'olor del peix que es podria a la porta li va omplir els narius i va sentir vertigen i basquejos en la seva panxa buida. No havia menjat ni un mos en tot el dia, com si enmig de la seva primera travessia pel mar major l'hagués escomès el mareig dels navegants novells. Es va estirar i va esperar un senyal, una resposta, qualsevol cosa a la qual aferrar-se per no enfonsar-se en el desànim.

I així era com transcorrien les hores de la incertesa per a en Sari, després que en Sindbad el Bergant se n'anés; hores vagaroses com la flama que cremava a la llàntia de la galeria.

PELLS DE TARONJA

En Sari es va despertar dels seus somnis del desert amb els crits i els cops que venien de la porta de baix. S'havia quedat adormit i s'havia passat tota la nit a la galeria esperant el seu desaparegut amo.

Enmig de l'estrèpit, va reconèixer la veu ronca i autoritària de l'algutzir i, quan ja s'escapolia, silenciós com una llúdriga, unes manasses el van engrapar pel coll.

—No et deus haver quedat tu amb els diners, brivall! —va cridar algú al seu darrere.

—Agafa'l ben fort, que no s'escapi! A veure si ens diu la veritat, el pillastre! —va dir un altre.

—Amb un bon parell de cleques cantarà com un rossinyol —va afegir el primer.

En Yasir, l'algutzir, un amic de joventut del seu pare, que en el passat havia estat pescador com ell, va manar que deixessin anar el seu afillat. En Sari, alliberat, es va adonar que les grapes pertanyien als indignats venedors amb parada al basar on ell recollia els encàrrecs d'en Sindbad. També eren allà el sastre, l'amo de la casa i en Raixid, l'hostaler.

—A veure, Sari, en saps alguna cosa del teu amo?

—No en sé res, senyor. Va desaparèixer ahir de cop i sense acomiadar-se. No sé on ha anat, però crec que li ha passat alguna cosa dolenta.

—L'única cosa dolenta ha estat no atrapar-lo abans que fugís. Així hauria pagat amb sang i dolor totes les seves estafes! —va vociferar el sastre.

—Silenci! —va cridar l'algutzir—. Aquí l'únic que parla sóc jo, que per alguna cosa sóc l'autoritat.

Els creditors van acotar el cap i es van quedar callats, pel que els hi anava a ells i a les bosses buides que amagaven sota les túniques.

—A veure, Sari, saps almenys on guardava els seus diners.

—Jo mai no he vist ni un ral. L'únic que sé és que a les golfes té nou misteriosos baguls damasquinats ben tancats.

Van pujar tots atropelladament i, davant els baguls, els creditors van canviar de cara. Les seves ninetes van espurnejar cobejoses. Un d'ells va anar a cridar el ferrer, que va arribar de seguida amb el seu aprenent, que carretejava les eines. Amb forts cops de maceta i cisells, va rebentar els panys del primer bagul i el va obrir. Ja tots es fregaven les mans pensant en els tresors que amagava quan del seu interior es va abocar part de la sorra que contenia. Altres cops de maceta i cisell van rebentar-ne també els panys del segon, del tercer, del quart, del cinquè, del sisè, del setè, del vuitè, del novè bagul, i el resultat va ser el mateix en tots ells. Sorra, sorra, sorra, sorra, sorra, sorra, sorra i més sorra, daurada l'una, vermella l'altra, fosca aquella d'allà...

El sastre, tossut, no es va donar per vençut i va proposar que garbellessin tota la sorra per si hi havia alguna cosa de valor barrejada, i els altres creditors hi van estar d'acord. Van enviar l'aprenent del ferrer al basar a buscar garbells, i en Raixid va baixar al moll a buscar cordes.

I, garbellant, garbellant, van acabar de seguida la tasca, amb les mans entumides i tan buides com quan havien arribat, sense joies, ni palletes d'or, ni pedres precioses.

Després, l'algutzir els va autoritzar a endur-se les coses de valor que quedaven a la casa, i tots van baixar precipitadament, donant-se cops de colze els uns als altres en una cursa folla per veure qui arreplegava els objectes més valuosos de l'aixovar del mariner. Com voltors, van buidar els armaris, les lleixes, els bufets, els prestatges, l'escriptori d'en Sindbad i fins i tot el cobert de l'hort.

Quan ja se n'anaven, contents i carretejant el botí de la seva rapinya, en Yasir es va adreçar al fill del seu vell amic ja mort:

—A l'escriptori hi havia aquest estoig. Duu el teu nom, o sigui que suposo que en Sindbad el va deixar per a tu. A dins no hi ha res de valor, de manera que te'l pots endur.

En Sari el va agafar amb les seves petites mans com una joia que els voltors que havien rapinyat la casa no haguessin trobat.

—Moltes gràcies, padrí.

—De res. Vés-te'n, que en aquesta casa sense amo ja no tens feina ni encàrrecs per fer —li va aconsellar l'algutzir, tot sortint per la porta.

Ell es va quedar sol i va mirar trist al seu voltant. Tot havia desaparegut en un tancar i obrir d'ulls. Les gel·labes, les tunicel·les, els turbants, el narguil, els tapissos, els nou misteriosos baguls damasquinats, els coixins, les catifes, els llibres comprats al jueu, la ballesta i l'astrolabi, la brúixola, la vella i gastada taula de rumbs, la vaixella, les gàbies de vímet amb caderneres i rossinyols, l'olifant carolingi d'ivori, les viandes i el gerro xinès.

Enmig del silenci de la caixa, ell va mirar cap a l'estoig que tenia entre les mans. El vell mariner hi havia escrit el seu nom amb aquella cal·ligrafia menuda i graciosa que deia que li havien ensenyat els cal·lígrafs de la ciutat de Kufa, homes sants que passaven tota la seva vida consagrats a la fatigosa tasca de transcriure un cop i un altre, dia rere dia, any rere any, les venerades i sàvies sures del Sagrat Llibre.

No el volia obrir allà, enmig de tanta tristesa i desolació, i va pujar a les golfes que, plenes de la sorra dels baguls, semblaven la riba d'una d'aquelles illes, o penínsules, o badies fabuloses de les quals en Sindbad li havia parlat tantes vegades. Es va posar a la gatzoneta i el va obrir. Després, amb la platja estenent-se als seus peus i amb el borbolleig de les ones a la seva oïda, va tancar els ulls i va somniar.

I així era com transcorrien les hores de la inquietud per a en Sari, després que en Sindbad el Misteriós se n'anés, deixant-lo amb el cor encongit com aquelles pells seques de taronja que hi havia dins l'estoig.

UN MARINER BORRATXO

Havien passat dues, o potser tres, llunes plenes des que en Sindbad se n'havia anat, i en Sari encara rondava sense rumb per la vila. No tenia amo, ni feina, ni encàrrecs, ni havia de matinar, però mantenia la rutina de llevar-se d'hora cada dia i anant al basar. Era una manera com una altra de mantenir la seva ment ocupada i allunyada de cuites i malestars. Allà, alguns dels comerciants que no havien saldat els seus deutes amb el que s'havien endut de casa del vell pilot el miraven amb rancúnia, pensant que era còmplice de les seves malifetes i que sabia més del que havia explicat de la seva fugida i del seu desconegut destí.

Ell temia que qualsevol dia li clavessin una pallissa o el mantegessin com a un tafur i, espantat, abaixava els ulls i es perdia entre la multitud de dones i homes que voltaven a la recerca del millor preu per a les compres del dia. En algunes ocasions, el descobria aquella colla de petits brètols, la prenien amb ell i el perseguien com una comparsa pels carrerons, mofant-se d'ell amb corrandes i burles com feien els mariners borratxos.

—A en Sari, el gran grumet, se li enfonsa el vaixellet! —cantaven a cor.

—Es creia que era l'hereu i ha quedat amb ben poc preu! —cantava un, i tots els altres el seguien.

L'únic lloc on se sentia còmode era en la vella llibreria de l'Ismael, el jueu, que malgrat el seu enuig per l'absència del seu client preferit i encara millor adversari als escacs, el deixava anar passant les hores del rellotge de sorra remenant els vells prestatges.

—Estimat amic meu, llibres, camins i dies donen a l'home saviesa —li deia sempre que el veia fullejar els llibres.

En Sari, en realitat, havia perdut l'interès pels llibres, i si tornava dia rere dia a la llibreria era perquè aquell era l'únic port amic on podia cercar refugi davant la galerna que tenia al damunt i que no escampava. Ansiós, esperava el vell pilot, esperava notícies de les seves peripècies, esperava veure'l entrar per la porta en qualsevol moment amb el seu turbant decorat amb la ploma d'Au Roc i exclamant la seva acostumada frase:

—Alguna novetat en els vostres atapeïts prestatges, benvolgut sefardita?

L'Ismael, que s'havia fet càrrec des del començament de la situació del noi, el va deixar tranquil durant uns dies perquè rosegués la seva pena com un cadell rosega un os, mentre ell enquadernava al teler unes cartes de les costes mediterrànies, des de Venècia fins a Istanbul, per a un pilot egipci. Però veient que el temps passava i que el noi no deixava de lamentar-se sense fer res ni prendre cap decisió, li va dir una tarda, amb molt de misteri:

—El passat ha fugit i el que esperes està absent, però el present és teu, amic meu.

—Estic tip de tants consells i proverbis, no serveixen per a res. Parlar, parlar i parlar és tot el que sabeu fer tu i en Sindbad. Però mira com m'ha deixat.

—Petit pilot, amb lamentacions no solucionaràs res. Has de tirar endavant.

—Estic aviat, però desconec el meu rumb, Ismael. Només tinc unes pells seques de taronja, res més.

—Aquí tens una cosa que et pot ajudar en la teva recerca —va fer el jueu tot allargant-li un pergamí enrotllat i tancat amb lacre blau que es va treure de sota de la gastada gel·laba.

En Sari el va agafar i va esperar que el llibreter tornés a la seva feina al teler per obrir-lo. El va desenrotllar a poc a poc, amb por que se li desfés entre els dits com la sorra del desert de Kavir, aquella de grans tan fins i remenuts com la sal que ens dóna la vida, i que feia molts anys, segons li havia explicat en Sindbad, es va empassar tot sencer l'exèrcit d'un famós senyor de la guerra del Rajasthan, format per deu mil homes, mil cavalls, cent carros amb els seus bous i cinquanta elefants. I diuen que encara avui, els dies de ventada de l'est, se'n poden sentir els laments, renills i brams, com si encara s'estiguessin ofegant al mar de sorra.

El pergamí duia dibuixat el mapa d'unes illes, però sense ni un sol nom, ni país, ni riu, ni costa propera que les identifiqués. En un racó, un rumb i una frase en què va reconèixer la lletra del seu amo. En Sari li va demanar a l'Ismael que li llegís les lletres que havia posat allà en Sindbad.

—Els mars que somniïs, navegaràs —li va dir el llibreter de Judea.

—I això què vol dir? —va replicar el nen—. Un altre maleït proverbi sense sentit.

—Tu sabràs. Són coses teves i del teu fugit amo. Però si no ho comprens, no mereixes cap explicació.

En Sari va sortir de la llibreria més perdut de com hi havia entrat, i va anar a aclarir els seus pensaments embolicats al moll, mirant les barques que, amb la fresca del capvespre, sortien a pescar la sardina amb xarxa.

Els missatges d'en Sindbad no encaixaven. D'una banda, el mapa d'unes terres desconegudes, i, de l'altra, unes pells seques de taronja dins un estoig. Es va ficar la mà a la butxaca on les duia, va jugar amb elles entre els dits i va comptar-les, cosa que no havia fet abans. Una, dues, tres, quatre, cinc, sis i set. I, de cop i volta, va recordar. Les Cotovies!

Tothom al port havia sentit a parlar d'aquelles illes i de les seves meravelles, però ningú no creia gaire seriosament en la seva existència. El vell pilot, quan les recordava, sempre donava la mateixa resposta als incrèduls:

—Mireu, tots vosaltres creieu en l'Extrem del Mar. O no?

—Sí, home, sí! —deien tots els oients a cor, com els fidels a la mesquita.

—I creieu en les fugitives illes de Gutor, de Babaran i de Terapobana —inquiria en Sindbad.

—Doncs també, home, també —assentien resignats els espectadors aplegats al voltant de la seva taula a la taverna.

—I tots sabeu que fora de qualsevol rumb i més enllà de tota terra coneguda, el mar acaba en una gran cascada i les aigües rellisquen per damunt dels quatre elefants blancs que sostenen el món. I algun cop hi heu estat per saber que aquesta és l'única veritat?

—No, home, no, això és cosa sabuda —deien tots, brandant el cap amunt i avall.

—Doncs amb les Cotovies passa el mateix, amics meus. Jo hi vaig ser, i teniu la meva paraula que les vaig veure amb aquests mateixos ulls que van mirar a terra, prosternat davant el Gran Soldà.

I així era com transcorrien les hores de la descoberta per a en Sari després que en Sindbad el Cal·lígraf se n'anés, deixant-lo sense nord com un mariner borratxo.

LA *PRECIOSA*

Ai, les Cotovies!, on els corrents només duen els agosarats pilots de més renom. Set illes misterioses amb els seus juganers gossos de dues cues. Set illes conegudes només per aquells que les somnien. Set illes acollidores on passegen alts negres simpàtics a l'ombra dels para-sols. Set illes on s'enamoren, fan niu i cortegen els ocells més bonics de totes les terres. Set illes només albirades sota la celístia i la llum de la lluna. Set illes on l'aigua corre sempre lleugera i fresca pels torrents. Set illes per a descans i joia dels vells mariners cansats. Set illes assolellades i que el torb respecta. Set illes, set.

Insulabella, entre totes elles la més bella, amb les seves platges daurades i turons de color de maragda.

Gabotera, a l'extrem de ponent, on el capvespre bressa la lluna i els estels.

Herbosa, la més alegre, on el vent fa onejar els xamosos canyars.

Vionta, que per ponent és la que més matina i saluda el reflex tebi dels primers rajos del sol.

Noro, de negre dol, des d'on es cabussen a les aigües fredes mascarells, gavots i alguna miserable harpia.

Cornelles i Carqueres, a babord les unes i a estribord les altres, no per petites menys senyeres, amb les seves roques abruptes on creixen els peus de cabra.

Set illes, set, com les pells de taronja. Set illes, set, per somniar-les i navegar-les.

Una manotada d'en Yasir, la forta mà dreta del cadi, va despertar en Sari dels seus somnis insulars.

—Què fas aquí, brivall? D'ençà de la fugida del teu amo que no aixeques el cap i la teva mare està molt preocupada. I si ella es preocupa, jo també ho faig.

—Penso en les meves coses, padrí. Tu saps què se'n va fer de la barca del meu pare?

—De la *Preciosa?* Doncs amarrada la tens al moll, però ja saps que la teva mare no vol que hi pugis, perquè està molt vella. Apa, vés a casa, que ja és de nit i et deu estar esperant.

En Sari es va acomiadar amb un gest i, de pressa, es va dirigir a casa. Estirat a l'estora després dels renys de la seva mare, meditava com aconseguir els diners per reparar la *Preciosa* i comprar els queviures que necessitaria en la llarga travessia que l'esperava. De diners, no en tenia, i tampoc ningú que li fiés, de manera que la cosa estava una mica malament, però Al·là el Clement i Misericordiós proveiria.

Ben d'hora al matí, es va dirigir al basar i es va passar el dia treballant de carregador, carretejant mercaderies dels uns i dels altres fins als molls, les cases i els hostals. Per guanyar-se la confiança dels incomodats mercaders, els va oferir els seus serveis de franc, oferta que aquells avariciosos no van poder rebutjar. I així, un dia rere l'altre, de l'alba fins a la posta, en Sari s'escarrassava pels costeruts carrers de la vila portant a l'esquena les mercaderies més variades i feixugues.

Els mercaders, després de les primeres setmanes d'esforç sense recompensa i davant les protestes dels altres camàlics del basar, que temien quedar malament per l'empenta d'aquell noiet obstinat, es van compadir d'ell i van començar a donar-li les acostumades propines pels seus serveis. I així, quan el monsó s'acabava i s'acostava l'estació seca amb els seus vents favorables, que bufaven amb força cap al nord-est, en Sari ja tenia estalviat un bon grapat de monedes dins una bossa amagada en un racó de la seva habitació, juntament amb les set pells seques de taronja, el pergamí amb el mapa de les Cotovies i el rumb que no trigaria a enfilar.

D'amagat, la primera nit sense lluna i aprofitant la marea baixa, va caminar fins a la *Preciosa*, encallada al sorrar, i va guardar a la cabina tot el necessari per a la llarga travessia. Aquella havia de ser la seva nit, la nit del destí de la qual havia sentit a parlar tantes vegades l'imam quan els divendres al migdia feia el sermó des del *minbar* de la mesquita, la nit que és millor que mil mesos, la nit que marcaria el seu esdevenidor.

Va carretejar amb esforç dàtils i figues seques, un cistell de nous i de castanyes, xai salat, uns pots de fruites confitades que havia agafat del rebost de la seva mare. Un barril d'aigua, llinya, hams i un salabre per pescar. Un velam nou, unes vares de cap del millor abacà del mercat, un vell compàs i la caixa d'eines de fuster que havia estat del seu difunt pare, per si sortia qualsevol imprevist en la travessia.

Aquelles eines rovellades, martells, enformadors, gúbies i garlopes, li van dur molts records d'aquelles tardes al sol, mirant com el seu pare treballava a la barca reparant el pal, canviant les quadernes malmeses, embreant bé les juntes, apedaçant la vela, repassant els escàlems o ajustant el timó i la canya. Quan no estava embarcat, acostumava a sortir de pesca i, de vegades, quan la seva mare li deixava, el duia amb ell.

En Sari recorda bé el dia que el mar va portar la notícia de la seva mort. El seu pare s'havia embarcat com a pilot en un viatge a les illes de les Espècies per buscar nou moscada i clau. Tothom al port coneixia les històries que s'explicaven sobre la sacietat dels seus habitants, de com era de perillós comerciar amb ells, però també era sabut que els seus condiments eren dels més apreciats a les cuines dels palaus de tot Orient. Després de dies discutint amb el rei de l'illa major, el capità va tancar el tracte i va omplir la bodega de les preuades espècies. Quan ja anaven a embarcar a les barques per tornar al vaixell, un grup de guerrers amb llances i escuts els va envoltar i els va tallar el pas cap a la platja. Una de les filles del rei s'havia encapritxat de les natges del pare d'en Sari i volia que es quedés. El capità, tement per la seva vida i pel seu percentatge de la càrrega, el va deixar allà abandonat a la seva sort, entre les protestes dels seus homes.

Aquella mateixa nit, i després de tenir l'olla al foc tota la tarda, el rei va celebrar una gran festa amb torxes i danses en honor del seu convidat, i en el sopar la princesa golafre es va menjar senceretes i guisades amb unes fulles de palma les desitjades natges i fins i tot va tastar una mica de pit, abans de repartir la resta del menjar entre els seus embogits i caníbals súbdits.

El capità, ja de tornada i per tancar les boques dels mariners, els va proposar que anirien a mitges en els beneficis de la càrrega i van quedar d'explicar a la vídua, quan tornessin, que un cop de mar se l'havia endut de la coberta i s'havia ofegat. Però un cop a terra la seva cobdícia el va trair i es va negar al repartiment, per la qual cosa els mariners, indignats, van acudir al cadi i van explicar-li la veritat. En Yasir, l'algutzir, el va trobar borratxo en una taverna, li va clavar una bona pallissa i el va tancar en una cel·la que hi havia a la part del darrere de la mesquita. Uns dies després, a la plaça Gran, el seu cap va rodolar sota el xiulet de la simitarra del botxí nubi, com van rodolar també els polzes de la mà dreta de tots els mariners.

I així era com transcorrien per a en Sari les hores prèvies a la partença després que en Sindbad de les Cotovies se n'anés, deixant-lo encallat, com havia quedat la *Preciosa* el dia que el seu pare va morir.

VENTS

A l'alba, quan en Sari va estirar la drissa per hissar la vela i va salpar amb la *Preciosa* amb la marea, ajudant-se amb els rems, les gavines el van mirar amb indiferència des de les seves roques. Per a elles, era una altra barca més, de les moltes que els feien la competència en la pesca dels gustosos i esmunyedissos llobarros que nedaven en el suau corrent del golf.

No s'havia acomiadat de ningú, ni de la seva mare, ni de l'algutzir Yasir, ni del llibreter Ismael. Fugia d'amagat, com havia fet en Sindbad, amb la complicitat dels silenciosos ocells pescadors que ara es cabussaven a les aigües per sortir-ne amb l'esmorzar humit als becs esmolats.

Gairebé a la boca de la badia, va haver de virar en rodó perquè no l'abordés un junc desarborat i amb un aparell de fortuna fet de tunicel·les, bombatxos, draps i calçons. Els mariners, despullats, el van saludar des de la coberta ensenyant-li els darreres. Anaven beguts per la joia d'arribar a un port segur després de deixar enrere el tifó que gairebé els havia enviat al fons del brau mar d'Amadan.

Després de maleir-los aixecant el puny tancat, va enfilar de nou el rumb. El vent bufava fort del sud-oest i en un moment es va trobar fora de les tranquil·les aigües del golf. El vell esquelet de la *Preciosa* gemegava quan trencava les ones, però, ben llastrada amb uns sacs de sorra d'aquells baguls damasquinats que en Sari havia recollit a casa del seu amo, responia marinera als embats.

Amb el rumb del mapa marcat al compàs, el petit pilot va posar proa a mar oberta, on en algun lloc l'esperava en Sindbad, i va mirar enrere per últim cop. A la seva esquena, la península s'havia allunyat ràpidament i s'havia convertit en una petita llenca perduda en l'horitzó, de la qual només sobresortien el far del cap, que amb el seu feix de llum guia els mariners en la foscor, i el minaret de la mesquita, que crida els creients cinc cops al dia per al *salat*.

Davant els seus ulls veia estendre's com una infinita praderia el mar obert, aquell del qual tantes vegades havia sentit a parlar els mariners joves i vells a les tavernes del port, aquell que havien cantat poetes i joglars, aquell que van plorar sota el vel les dones joves i velles dels mariners ofegats, aquell on s'havia ocultat en Sindbad com un nen que juga a cuit.

Després d'uns dies de rutinària navegació sense terra ni cap vaixell a la vista, en Sari trobava a faltar poder parlar amb algú. Encara que els parlava a les ones del mar o als dofins que de vegades l'acompanyaven saltant per la proa durant hores, o a alguna balena solitària de la qual només arribava a veure el brollador a l'horitzó, o als corbs marins que creuaven de tant en tant el cel amb el pap ple de peixos, no era el mateix, perquè ningú d'aquests no contestava. Trobava a faltar la conversa, fins i tot trobava a faltar els maleïts proverbis d'en Sindbad, de manera que, per no tornar-se boig en aquell silenci blau, va començar a repetir com en un conjur tots aquells vents amb què el seu amo li explicava que havia lluitat en les seves travessies, serrant les dents, prement amb fermesa la canya del timó i encomanant-se de vegades, només en els pitjors moments i perduts els astres i tots els déus, a Al·là el Clement i Misericordiós.

El Khamsin, que al mar Roig, des del sud, escomet les falues egípcies que transporten ovelles i camells al mercat de Jihad, on es barregen amb milers de cansats peregrins.

El Kharif, que prop de Berberia, a l'estiu, bufa del sud-oest des de l'albada fins al migdia, fent tornar boges les noietes que de nit surten soles i sense companyia.

El Belat, que en els hiverns del nord-est a Doha refreda les seves aigües ostreres, on se submergeixen els braus bussejadors que roben les perles més blanques per al gran maharajà de Baroda.

El polsegós Simun, des del sud-est, i el sorrenc Xamal, des del nord, que abrusen inclements els navegants del Pèrsic i els que crien cabres al desert.

El Seitan, que des del nord, a Pèrsia, durant cent vint dies i les seves nits, bufa sense descans, assecant els pous i basses on els assedegats, homes i bèsties, alleugen les seves gorgues seques.

El Kaus i el Suahili, germans bessons que bufen del sud, l'un a l'hivern i l'altre a la primavera, omplint de volves de pols els ulls cecs dels captaires que peregrinen a la Meca.

El Xarqui, que des del desconegut i remot sud-est, porta fins als fidels la primera crida al *salat* del muetzí des del més alt minaret.

El vent anomenat de l'Elefanta, l'alfil que en la perillosa riba de Malabar, després del monsó, pentina les planes negades on creix el millor i més gustós arròs.

El de Sumatra, que a l'estret de Malaca s'arremolina en companyia de llamps i llampecs, cremant les ninetes dels gabiers que guaiten des de les cofes dels pals.

Els Monsons, vents secs del nord-est que a la tardor omplen les veles de les barques, carregats de pluja, i del sud-est que a l'estiu mouen els gronxadors dels nens i les nenes.

Amb aquesta lletania repetida constantment com la tornada d'una cançó infantil, en Sari allunyava la follia de la soledat, que es fonia aleshores a l'escuma de les ones que tallava la proa esmolada de la *Preciosa*.

Estaria bé trobar un d'aquells peixos lloro dels quals en Sindbad tant li havia parlat. Molts timoners havien matat les hores amb ells en les llargues guàrdies de les calmes. Els mariners hi parlaven de les seves coses, de les dones i fills que havien deixat enrere, de la poca paga o del mal geni del capità. Els peixos, simpàtics, treien de l'aigua els seus becs rosats entre les aigües i els donaven notícies de naufragis, ofegats i pirateries diverses en els mars d'Orient.

I així era com transcorrien les hores de navegació per a en Sari després que salpés a la recerca d'en Sindbad el Fugit; hores interminables com els vents que bufen regularment omplint les veles de barques i d'esquifs.

CALMA

Al desè dia de navegació, el vent va callar i va deixar d'acaronar el velam de la *Preciosa*. En Sari no es va amoïnar i va aprofitar per deixar la canya del timó, estirar una mica braços i cames i picar uns bocins de xai en salaó. Després, es va estirar entravessat a la coberta deixant que les aigües de color de turquesa li llepessin els peus i va esperar amb paciència que el vent tornés a parlar. Sense adonar-se'n, es va quedar adormit i, en despertar-se, el clar de la lluna plena il·luminava el negre espill del mar. Es va estranyar que el vent continués sense bufar, però va decidir d'aprofitar per descansar bé, ja que, després de moltes nits desvetllat, no sabia quan tindria una altra oportunitat com aquella en la travessia desconeguda que l'esperava.

Es va despertar molt d'hora, quan el dia començava a clarejar, i el mar continuava com un bol d'oli dens. Va mirar en totes direccions i no va distingir ni un núvol en el cel d'aiguamarina, que en l'horitzó es confonia amb les aigües com en una il·lustració dels llibres de l'Ismael. Va pensar que aquella devia ser la regió de les calmes de la qual tant havia sentit a parlar els mariners i els capitans a les tavernes del port. Deien que era molt més temible que qualsevol sirena, monstre marí, galerna o maltempsada. S'explicaven històries de tripulacions senceres que havien embogit i s'havien matat entre elles després d'unes setmanes immòbils al centre d'una gran plana blava. També d'un capità que havia calat foc al vaixell, cansat d'esperar un vent traïdor que no arribava, que sabia que mai no arribaria.

Un mascarell va venir a posar-se a la proa de la *Preciosa*. Li faltava una pota i, amb l'habilitat d'un equilibrista, com aquells que de vegades demanaven almoina a la porta del basar entre piruetes i cabrioles, es mantenia dret sobre la barca, que amb el corrent es gronxava suaument a babord i estribord.

—Hola, company! Sembles cansat i famolenc! —el va saludar el petit navegant, content per aquella inesperada companyia.

En Sari va buscar entre els queviures emmagatzemats a la cabina i va agafar un grapat de dàtils per al seu nou amic. Aquest, desconfiat, va obrir les ales llargues i brunes quan es va acostar, però en veure la petita mà oberta que li oferia els deliciosos fruits, les va tancar i, amb el seu bec groc, els va agafar i se'ls va menjar tots d'un sol mos. Després, va grallar tres vegades, i tres vegades també va batre les ales, com a mostra d'agraïment.

L'ocell li va fer companyia tot el dia, i també el següent i l'altre. Els dies anaven transcorrent iguals els uns als altres i a en Sari, avorrit i desesperat, li va agafar per atipar-se de menjar. En els pocs moments que no tenia la boca plena, va explicar al seu silenciós company la seva història. Li va parlar de l'arribada d'en Sindbad el Marí i de la seva covarda fugida; de la llibreria del jueu i de les silencioses i disputades partides d'escacs; de les fantàstiques ombres xineses al jardí, a la llum de les llànties; dels nou baguls damasquinats plens de sorra dels nou mars; dels vents de mar que l'havien dut fins allà a la recerca de les mítiques Cotovies. I li va parlar també del seu difunt pare com mai no havia fet amb ningú, atribuint-li moltes de les aventures i empreses d'en Sindbad: l'espantada del calamar gegant, la lluita amb l'Au Roc o el seu servei a les ordres del Soldà. Li va explicar, igualment, com va morir abandonat pel seu capità i pels seus companys a boca d'aquells afamegats moluquenys d'ullals esmolats com ganivets. I va explicar com s'havia fet justícia i com ell, en Sari, amb la fúria i el dolor rosegant-li el pit, havia recollit el cap del traïdor i els polzes dels miserables i els havia tirat al mar des del moll perquè se'ls mengessin els peixos. I va confessar-li, finalment, com la seva mare va dur a les espatlles la feixuga càrrega de no poder complir l'últim desig del seu pare.

—Fàtima, amor meu, quan Al·là em cridi vull que la meva tomba sigui en un lloc on el nord-est li escampi al damunt els fruits del saüc —li deia mentre acaronava amb els seus llavis secs de marí els seus llargs cabells d'atzabeja.

Aquesta va ser l'única ocasió en què en Sari havia vist el seu pare tenir un gest d'amor cap a la seva mare. Sabia que s'estimaven profundament, d'això no en tenia cap dubte, però mai no ho demostraven davant d'ell ni de ningú. En aquells temps, l'amor que un home sentia per una dona semblava quelcom que calia deixar per a la intimitat de la llar, lluny de la inquisidora mirada de l'imam, i ell, com un nen que era, mai no va comprendre que una cosa tan bonica s'hagués d'amagar rere les portes.

I a la nit, estirat, mirant el cel, va assenyalar al mascarell els estels i els seus noms, com temps enrere havia fet el seu pare: les dotze cases que il·luminen el firmament, com dotze van ser els treballs d'Hèrcules per conquerir la immortalitat i dotze també els companys que van seure amb el fill del fuster a l'últim sopar. Dotze cases, aquelles per les quals molts, no només els mariners, guiaven les seves existències, com d'altres llegien el futur en les paraules dels versets quan obrien el Sagrat Llibre a l'atzar.

A l'alba del quart dia de calma, a en Sari el van despertar els cops del seu company, que amb el bec picava inquiet a la coberta un cop i un altre. Es va adonar que una brisa lleu bufava des del nord. Lleuger, va hissar la vela, i la *Preciosa*, alegre, va saltar de nou damunt l'escuma blanca de les ones. El mascarell va aixecar el vol i es va deixar emportar també pel vent, planejant durant uns instants a uns metres de la barca per la banda de babord. En Sari es va acomiadar d'ell amb la mà abans que, batent les ales amb força, girés en l'aire en direcció a una bandada que s'acostava des del nord.

I així va ser com van transcórrer les hores de la calma per a en Sari abans que el seu amic marxés en companyia dels seus germans pentinant els núvols de l'horitzó amb els seus becs grocs.

L'EXTREM DEL MAR

Havien passat dinou dies des que havia salpat, segons les osques que havia anat fent amb la navalla al pal, i les provisions escassejaven després de com s'havia atipat durant els dies de calma amb el seu amic el mascarell. Només quedava una mica de xai salat i uns quants dàtils. L'aigua també havia minvat: només li quedava el fons del barril que havia embarcat. En Sari havia comptat de recollir aigua de pluja o arribar a alguna illa on cercar una font o una riera, però el rumb indicat per en Sindbad al mapa semblava apartat de qualsevol terra coneguda. Als capvespres es desesperava quan per la popa de la *Preciosa* sentia les tronades que descarregaven els seus dolls d'aigua cap al nord, molt lluny dels seus llavis secs i de la seva boca plena de nafres.

Se sentia apallissat després de tantes jornades de fatigosa lluita contra els corrents per mantenir el timó en el rumb adequat; les seves mans gairebé no podien sostenir la canya, perquè també s'havien omplert de butllofes i se les havia hagut d'embenar amb un tros de vela. El sol inclement li havia cremat les ninetes: ja no era capaç de distingir el confí del mar amb claredat i amb prou feines era capaç de veure l'agulla del compàs, per això no es va adonar de la petita taca que s'entrellucava en la distància i que, amb el pas de les hores de navegació, es va anar convertint en una petita illa.

A mesura que s'hi acostava, les aigües cristal·lines del seu voltant canviaven de color, i s'anaven enfosquint com un pou d'aigua fangosa. En Sari va mirar cap al cel, que va suposar tapat, però aquest estava clar i blau. De sobte, es va recordar dels milers de serps que s'escampaven pel mar com en un espès bol de brou amb cols. Sens dubte, aquella havia de ser la mateixa Ofiusa sobre la qual en Sindbad l'havia posat en antecedents per si algun cop es trobava amb ella. Ara va pensar que tanta insistència era deguda al fet que estava planejant la seva fugida, i sabia que si seguia el rumb que li deixava marcat al mapa de les Cotovies trobaria sens dubte les esmunyedisses bèsties.

Ell havia sentit moltes vegades la història. Qui primer la hi havia explicat, com moltes altres coses, havia estat el seu difunt pare. Les colobres, relatava, no morien mai, sinó que, arribat el seu dia i després de canviar la pell per últim cop, volaven pels aires entre els núvols i els ocells fins al riu Jordà, on s'anaven esvaint entre les aigües fangoses, beneïdes i sagrades per a aquells que seguien el fill del fuster i s'hi batejaven.

Va ser el vell pilot qui el va treure del seu error, ja que, en realitat, li va dir, les serps no es quedaven allà, sinó que es deixaven endur pel seu corrent sagrat, aquell que neix de les tres fonts de totes les veritats i savieses, l'hebrea del *Dan*, la musulmana del *Baniyas* i la cristiana del *Hasbani*, per morir després al llac Tiberíades i continuar sota terra pels corrents subterranis, aturant-se de vegades als avencs i les cavernes per acabar el seu llarg viatge al mar Roig, on els corrents còmplices, ja en la nit dels temps, les anaven a deixar a les ribes de la seva illa.

Esgarrifat, va treure els rems, els va ficar entre les serps i va començar a vogar amb energia. Els animals s'hi enroscaven traient la seva llengua bífida i xiulant inquiets. Alguna serp li va escopir el seu verí, però no va encertar-lo. Tal com li havia aconsellat en Sindbad, prudent, el més important era mantenir la calma i actuar amb tranquil·litat, ja que qualsevol moviment brusc podria ser mortal.

Esgotat després de remar durant hores fins a sortir a aigües obertes, en Sari en va estirar d'esquena sobre el sostre de la cabina. Va mirar el cel, que s'enfosquia per moments anunciant un tifó; van començar a caure algunes gotes, i ell va deixar que la pluja salvadora li mullés el rostre i li rellisqués fins a la boca ansiosa. El mar es va picar, les onades cada cop més altes gronxaven amb força la barca, i en la llunyania va sentir el que semblava un gran bramul. Sense forces per agafar la canya del timó i mantenir el rumb, va tancar els ulls i es va deixar emportar.

La maltempsada es va fer més forta. Va sentir que la barca es precipitava i es va agafar amb força dels escàlems. Semblava que la caiguda no hagués d'acabar mai, i durant un instant es va atrevir a obrir els ulls. Les aigües queien a raig al seu voltant i li va semblar distingir-hi un ull gegant que el mirava. De sobte, la barca va bolcar, ell va sortir llançat pels aires i, quan ja es veia enfonsat per sempre, el que semblava una enorme trompa cendrosa se li va enrotllar a la cintura amb suavitat i va aturar la seva caiguda. Després, es va desmaiar.

Quan va tornar en si, la tempesta havia escampat i ell tornava a trobar-se a bord de la *Preciosa*, gronxada per la marea en una bella i tranquil·la badia. En Sari va mirar cap a terra i no va tenir dubtes: aquella platja de sorra daurada envoltada de palmerars que gairebé tocaven les aigües amb les seves grans fulles de color de maragda, només podia pertànyer a Insulabella. A la fi les havia trobat, les desitjades Cotovies. Va mirar cap a babord i estribord, i allà hi havia també les roques de Cornelles i Carqueres.

Miraculosament, els rems i totes les seves coses eren a bord. Va començar a remar cap a terra fins que es va adonar, sorprès, que el corrent no el deixava avançar. Va pensar a hissar la vela, però no feia ni una mica de vent, de manera que es va despullar i es va cabussar en les aigües maragdes. Després d'unes braçades, va haver de desistir, perquè el fort corrent l'allunyava, i va tornar a pujar a la barca, desesperat. Tot aquell llarg viatge, ple de calamitats, per ara ser allà tan a prop i ni tan sols poder-se acostar a la cobejada illa i acaronar la seva platja daurada amb els dits. No hi havia dret, en Sindbad l'havia enganyat de nou i per últim cop. Ja li semblava sentir les seves rialles allà on fos, el mentider. Amb llàgrimes als ulls, mirava la platja deserta quan, per un extrem, van aparèixer diverses figures. Dos negres alts, sota para-sols, encapçalaven el seguici, seguits de quatre o cinc gossos de dues cues que feien saltirons al voltant d'un vell de serrada barba blanca cobert per un turbant amb una ploma blava i una crossa a la mà dreta. Es van acostar tots a la vora de l'aigua, els negres van assenyalar cap a en Sari i van parlar amb el vell. Aquest va somriure i va saludar amb la crossa. En Sari va somriure i va tornar la salutació al seu fugit amo. Després, tots van continuar la seva passejada per la platja, i un dels negres va agafar del braç el vell, que semblava molt cansat.

I així va ser com van transcórrer els últims moments per a en Sari amb en Sindbad el Marí, a les Cotovies, després de caure per l'Extrem del Mar, abans que hissés la vela de la *Preciosa,* empunyés amb força la canya del timó i enfilés cap a mar oberta per l'estret de Malqueteví, on l'estaven esperant més travessies i aventures. Enrere deixava el seu vell amic, que ara entonava amb la seva flauta un cant de comiat assegut a la sorra daurada d'una platja que en Sari no tornaria a veure mai, o potser sí. Qui sap.

Taman Shud (va ser acabada)

ÍNDEX